LES PETITS-SAINTS,

OU

ÉPITRE A CHÉNIER,

Pour servir de Supplément

AUX NOUVEAUX SAINTS,

Par UNE PETITE SOCIÉTÉ LITTÉRAIRE.

Vis unita fortior.

A PARIS,

Chez PARISOT, rue du Vieux-Colombier, faubourg
Saint Germain, en face des Orphelines.
Et chez les Marchands de Nouveautés.

LA PETITE SOCIÉTÉ

AU LECTEUR.

IL y a environ un an que, fatigués du silence de Chénier dont les satyres nous avoient beaucoup fait rire, nous commençâmes fort innocemment à jetter snr le papier la petite épître qu'on va lire, et qui pouvoit à son tour amuser les amateurs de ces sortes de bagatelles. Il ne s'agissoit que de la mettre au jour, et l'un de nous étoit prêt à la porter chez l'imprimeur, lorsqu'un autre dont l'avis prévalut, nous observa que cette épître étoit trop courte et qu'il falloit, avant de la livrer au public, attendre une occasion de la dévolopper. Cette occasion ne tarda pas à se présenter : *les Nouveaux Saints* parûrent, et alors nons y ajoutâmes tous les vers qui la terminent, c'est-à-dire toute la tirade qui commence par le vers :

> Ainsi, d'un doux repos savourant l'indolence,

et qui finit par le dernier. Nous y ajoutâmes aussi le titre des PETITS-SAINTS, qu'elle n'avoit point d'abord; ainsi, on verra que cette épître a deux parties bien distinctes, l'une qui pourroit servir d'avant-propos à la satyre de Chénier intitulée *Les Nouveaux Saints*, et l'autre qui pourroit lui servir de suite. L'une qui est pour ainsi dire un *ante scriptum*, et l'autre un *post scriptum*. Mais ces deux parties, liées ensemble par des idées à peu près semblables, forment un tout qui n'a rien de disparate et le sujet en est simple, comme le veut Horace, *simplex dum taxat et unnm.* Chénier a célébré les nouveaux Saints nous avons célébré les petits : *ne sutor ultra Crepidam.* Il a moisonné dans les champs de la nouvelle Église, nous n'avons pu que glaner après lui, et si notre ouvrage ne peut point aller de pair avec le sien , il pourra du moins lui servir de supplément. Chénier n'ayant pas pu tout dire, nous avons cru devoir dire quelque chose après lui ; nous nous sommes attachés modestement à son char : il ira à l'immortalité, et nous resterons en arrière.

Quelques bonnes ames de la paroisse S. Roch seront peut-être scandalisées de ce que , dans cet opuscule, nous donnons la préférence aux prêtres constitutionnels sur les prêtres insoumis ou réfractaires , et M. de S. Papoul ne manquera pas de nous en faire un crime, mais nous les prierons d'observer que nous avons toujours été soumis aux loix de notre pays, et qu'une proclamation du ministre de la police aux préfets des départemens a été notre boussole : le ministre dit dans cette lettre fort sage, datée de thermidor an 9 :

» Si dans quelques circonstances , les dispositions que » je vous prescris paroissent accorder une sorte de » préférence aux prêtres soumis aux loix , cette préférence » est due sans doute à des hommes qui nés de la révolution » lui sont demeurés fidèles, et qui n'ont eu besoin d'aucun » pardon; qui ont lié leur sort à celui de la République, » et qui ne cessent aujourd'hui de prêcher l'amour et le » respect du Gouvernement, par leurs discours et leurs » exemples. »

C'est dans l'esprit de cette proclamation que nous avons écrit notre épître à Chénier ; c'est, imbus et pénétrés de l'esprit de cette proclamation , que nous avons cru devoir établir une grande différence entre les prêtres soumis et ceux qui ne le sont pas, entre les prêtres fanatiques et les prêtres philosophes. Les dames de la paroisse Saint Roch nous maudiront, mais le gouvernement ne pourra que nous approuver.

Paris, 1ᵉʳ *thermidor an 9.*

LES PETITS-SAINTS,

OU

ÉPITRE A CHÉNIER.

T U dors, Chénier, tu dors, et l'aigre calomnie
De nouveau, par ses cris, insulte le génie :
Tu dors et n'entends pas ses horribles serpens......

    Tu les avois laissés dans la poudre (1) rampans ;
Que fais-tu ? quel démon t'éloigne du Permesse ?
As-tu fui l'opéra pour aller à la messe ?
Ou, plongeant tes pinceaux dans un saint bénitier,
Fais-tu, comme la Harpe (2), un sublime Pseautier ?
Comme monsieur Després (3) fais-tu des parodies,
Ou, comme Devilliers (4), fais-tu des rapsodies ?
Comme Beffroi-Reigny (5), dans la lune perché,
Des réputations passes-tu le marché ?
Et, de par l'alphabet, grand historiographe,
Vends-tu le noir mensonge à tant le paragraphe ?

    L'arène de Panard t'offre un champ glorieux ;
Vas-tu, ressuscitant nos célèbres aïeux,
Y mentir à l'histoire, au goût, à la nature,
Et faire d'un grand homme une carricature ?
Ou plutôt cherches-tu, dans tes couplets savans,
Pour honorer les morts, à *siffler* les vivans ?

J'aime le vaudeville et n'aime point les drames.
Mais du Caveau (6), fertile en bonnes épigrammes,
Lorsqu'un auteur imberbe exhume les héros,
Il gâte par ses vers leurs jolis à propos,
Ce n'est plus ce Piron que l'on cherche à connoître,
Et l'épicier Gallet devient un petit-maître.

Valérius Flaccus (7), sous tes lâches pinceaux,
Devient-il un benêt dont s'amusent les sots?
Le vertueux Caton devient-il un Cassandre?
Les fais-tu sans pudeur l'un et l'autre descendre
De la hauteur romaine, et bouffon détesté,
Souilles-tu des grands noms l'antique majesté?
Fais-tu du Vaudeville une burlesque arène
Où la froide équivoque ordonne en souveraine?

Du théâtre où Piis (8) règne, ainsi que Panard,
Voles-tu sur Pégase au temple de Favart,
Et veux-tu, secondé par l'Amphion lyrique,
Briller d'un lustre immense à l'Opéra-comique?
Veux-tu, rival heureux de l'heureux (9) Marsollier,
Au fécond d'Aleyrac devoir plus d'un laurier?
Elleviou t'attend, la carrière est ouverte.

Quelle admirable palme à ton génie offerts!
Veux-tu la conquérir, et, poëte savant,
Être immortalisé, même de ton vivant?
Encourir de Lepan (10) les flétrissans éloges,
Et passer pour un Dieu dans les petites loges? ....

Que fais-tu? .... si souvent, je te l'ai demandé:
Par quarante journaux doctement secondé,
Comme Desodoarts (11) forges-tu des volumes?
Lis-tu de Nivernais les ouvrages posthumes?
Ouvages morts deux fois, quoiqu'il fût immortel ....
Pour relever ensemble et le trône et l'autel,
Fais-tu des almanachs, (12) comme ceux de Lisbonne?
Almanachs qu'eût sans doute approuvés la *Sorbonne*,

Où la France est rayée, où le Français n'est rien
Depuis qu'il s'avisa d'être un peu moins chrétien.

Mais quelle est mon erreur! tu veux fuir l'anarchie.
Du limpide Léman l'onde à peine affranchie,
Ainsi que Marchéna (13), témoin de nos discors,
Te voit peut-être errer sur ses paisibles bords.
Pour expier les torts de ta muse indiscrette
Peut-être en ce moment, dans Viterbe ou Lorrette,
Demandes-tu pardon, une torche à la main,
D'avoir un peu berné le Pontife Romain.

Dors-tu, ne dors-tu pas? pour soigner une idille,
Pour polir une Eglogue aussi bien que Virgile,
Consumes-tu, la nuit, ta pensée et tes yeux?
Veux-tu, grace à des vers touchans, harmonieux,
Apparoître au Lycée, et, nouveau météore,
Embrasant de tes feux le couchant et l'aurore,
De monsieur Raboteau (14) devenir le rival,
Ou même supplanter Luce de (15) Lancival?

Du talent de bien lire atteignant l'Apogée,
Penses-tu quelque jour lire comme Vigée?
Ou comme Legouvé qui suit (16) par tous ses pas;
D'un sexe aimable et doux, peins-tu les doux appas?
Espères-tu, dis-moi, dans ta fougue lyrique,
Tourner comme Baour, le vers (17) ossianique?
Traduis-tu de l'anglais quelques piteux romans
Où les morts évoqués poussent des hurlemens;
Où du charbon de Londre, en sanglante fumée
S'exale dans les airs la vapeur enflâmée?.....

Espères-tu d'Homère égaler les travaux,
Et payant, par l'ennui les bienfaits d'un héros,
As-tu mis sur l'enclume une Bouapartide (18)
Qui vaudra de Codrus la longue Théséïde?.....

Les voyages peut-être ont plus d'attraits pour toi;
Sans sortir de ta chambre, exerçant notre foi,

Décris-tu les climats de l'Indien, du More?....
Vas-tu, d'un trait de plume, à Rome, à Baltimore?

Non, tu restes chez toi : la province et Paris
Fourmillent de savans qui proposent des prix
A la jeunesse ardente et de gloire amoureuse.
Du théâtre français la palme est donloureuse:
Un moment infidèle à messieurs les badauds,
Composes-tu des vers pour Toulouse et Bordeaux,
Et veux-tu, dans l'espoir d'une double couronne,
Être par-tout nommé *lé Diou dé la Garonne* ?
Le subtil Villeterque, (19) au journal de Paris,
Avec malignité pince les beaux esprits ;
Passes-tu la journée à pointiller ta prose
Qui voudroit beaucoup dire, en disant peu de chose,
Et, comme cette abeille, armant tes aiguillons,
Déclares-tu la guerre aux modernes frelons?
Comme l'aîné Fonvielle, exales-tu ton ame
Dans les longs entretiens d'un lamentable drame,
D'un drame avec fureur par les prêtres (20) vanté,
Dont tout Paris bientôt doit être épouvanté,
Et qui fera trembler jusqu'au souffleur lui-même ?

Peut-être tu diras : tel n'est point mon systême ;
Il faut vivre ignoré pour vivre indépendant ;
J'imite de Sélis (21) le silence prudent.
Sélis se tait : fort bien : son rôle est le silence,
Il n'a jamais brillé par beaucoup d'éloquence,
Mais toi qui, jeune encore, as reçu d'Apollon
Le talent de charmer tout le sacré Vallon,
Et qu'on voit triompher au temple de mémoire,
Veux-tu que le Mercier (22) t'écrase de sa gloire?
Veux-tu que Mazoyer (23), son Thésée à la main,
Du tragique parvis te ferme le chemin ;
Que monsieur de Nisas (24), te suivant dans l'arène,
Atteigne au verd laurier dont t'orna Melpomène,

Et que l'obscur Doigni se transforme en Soleil?

Reveilles-toi, Chénier, sors de ton long sommeil :
Rappelles-toi le tems qui n'est pas loin encore ,
Où sur tes ennemis, qu'un fiel sombre dévore,
Ta muse répandoit le sel à pleines mains,
Battoit leurs petits vers , (25) en vers alexandrins ,
Fondoit à coups pressés, dans sa juste colère,
Sur un tas de grimauds conduits par (26) Baralère,
Exposoit aux mépris de la grande cité
Isidore Langlois (27) largement souffleté ;
Du vieillard Morellet (28) excitoit la jeunesse
A cueillir quelques fleurs sur les bords du Permesse ,
Et par un tour heureux gaiment assimiloit
Le jeune Lacretelle, au vieillard Morellet.
Rappelles-toi ce tems où ta main qui nous venge ,
Par le front les saisit , les traîna dans la fange ,
Et remplissant pour nous un courageux devoir ,
Fustigea Souriguière (29) et brisa son miroir.

Ils renaissent encor ces vils folliculaires,
Se disant du Parnasse uniques titulaires,
Leur troupeau fut par toi vainement attérré.
Le fabuliste Aubert, (30) chez Moutard enterré,
En plein jour ressuscite, et donne à tous les diables
Tout lecteur insolent qui n'aime point ses fables.
Aux modernes Cotins, qu'a sifflés Pallisot,
Succèdent vingt abbés hargneux comme Brissot.
L'abbé de Fontenai (31) sort de sa hutte obscure,
Et l'abbé Duvaucel (32) prêche dans le Mercure.
Monsieur l'abbé Grosier (33), moderne Aliboron,
Se traîne lourdement sur les pas de Fréron,
Et de l'abbé Gallais (34) la main non moins pesante,
Va broyant des pavots et se croit amusante.
N'est-ce pas un abbé qui, fugitif, errant,
Du Parnasse français veut-être conquérant,

Qui, dans l'homme des champs, peint l'homme de la ville;
N'est-ce pas cet abbé qu'on surnomme Virgile ?
Un fanatique abbé, dont Beurrier (35) fut le nom,
Dans la tombe dormoit, près du traître Sinon,
Onfroi va l'éveiller sur les bords du Cocyte,
Pour combler nos ennuis, Onfroi le ressuscite.
Tout n'est qu'abbé, que prêtre, aux marais d'Hélicon;
L'un se croit un Bernis, et rampe avec Gacon;
L'autre veut qu'en secret on le monseigneurise,
Il fut jadis évêque, il régna dans l'église,
Il veut encore régner sur un peuple d'égaux.

Sur les républicains tous versent à grands flots
Le fiel long-tems croupi dans leur ame fétide,
Parois, pour ces Cacus, sois un nouvel Alcide.
Ils adorent le trône, ils détestent les lois,
Ils brûlent de ramper sous le sceptre des rois.
Diderot n'est pour eux qu'un vil (36) énergumène
Qui refusa de croire à l'église romaine.
L'esprit d'Helvétius est l'esprit de Satan,
Et Voltaire naquit du noir Léviatan.
Ils veulent qu'un guerrier préfère avec humblesse
Au canons des combats le canon de la messe,
Qu'il ne se batte point sans s'être confessé ;
Et dans le champ d'honneur, s'il tombe renversé,
Ils veulent qu'un vicaire, animal domestique,
Lui barbouille les pieds (37) avec de l'huile antique.
Insensés !.... Bonaparte, aux champs de Maringo,
A-t-il fait aux soldats chanter *tantum ergo* ?
Ils ont trouvé sans vous le chemin de la gloire,
Ils ont, sans aumonier, remporté la victoire,
Et vos prêtres romains, avec leurs doigts bénis,
Ont-ils fait triompher nos superbes bannis ?

Je te l'ai dit : parois : dans leur noire caverne
Fais rentrer ces Cacus enfantés par l'Averne,

Qu'ils tremblent, et qu'enfin l'auguste vérité
Dévoile leur bassesse à la postérité.

   Ainsi d'un doux repos savourant l'indolence,
J'accusois de Chenier le généreux silence. .`.`.....
Qui vient avec fracas heurter dans mon réduit ?
Quel tapage infernal !..... A peine de la nuit
Les voiles repliés laissent briller la rose,
Autour de moi tout dort, tout se tait, tout repose.
J'ouvre : monsieur Eustache, honnête colporteur,
Entre, brochure en main : Vous connoissez l'auteur,
Me dit-il, de Chénier c'est un nouvel ouvrage ;
Vous aimez son esprit, vous aimez son courage ;
De la philosophie apôtre (38) et défenseur,
Vous avez secondé son Apollon censeur,
Et vous semblez jaloux de marcher sur sa trace.
Je lis : Les Nouveaux Saints : juste ciel, quelle audace!
Se moquer de Geoffroi (39), se moquer de Clément!
De ces deux grands auteurs médire indécemment !
De Clément par Fréron instruit dans l'art de braire !
De Clément qui vingt fois ruina son libraire !
De Geoffroi, successeur de maître Aliboron,
Qui chante un peu moins bien que Virgile Maron,
Et dont le très-saint père, ami du chromatique,
Admire, en la payant, la touchante musique !
Se moquer d'un tel homme ! ignores-tu, damné,
Qu'à l'œuvre de Geoffroi le pape est abonné (40) ?
Que le sacré collège, avec impatiénce,
Pour recevoir sa feuille attend la diligence ?
Se moquer de la Harpe, auteur fécond ! divers !
Blâmer son noble orgueil, ses sublimes travers!
Rire de ses quatrains, rire de ses éloges !
De ses drames sur-tout faits pour les Allobroges.
En faire un lourd pédant, et dans tes vers maudits,
Feindre qu'il est portier du divin paradis,

Place qui conviendroit à ce fervent apôtre,
Si Laharpe au Bedlam n'en avoit point une autre,
Et s'il ne falloit point à cet homme sacré
Donner le bonnet rouge (41) ou le bonnet quarré.
Qui ne connoît Laharpe habile en mascarades?
Laharpe contre Dieu lançant des pasquinades,
Qui, pour être sauvé le jour du jugement,
Au cloître Notre-Dame a pris un logement?
Se moquer d'Atala, vestale qui chancelle,
Qui veut et ne veut pas cesser d'être p.....?
De Chactas qui se pâme au bruit des *oremus*!
De ce bon père Aubry leur disant *in manus*,
Et dont le nez auguste (42), et qui toujours s'allonge,
Avec sublimité dans la tombe se plonge!
Se moquer d'une dame arrivant d'Altona,
Que l'esprit du Seigneur jamais n'abandonna!.....
L'édifiant Chactas vaut mieux que Podalire (43),
Roman anti-chrétien qu'on ne doit jamais lire,
Et Félix Nogaret, près de Château-Briant,
N'est-il pas le Pigmée à côté du géant?
Que diront de tes vers ces apôtres novices,
Insoumis à la loi, soumis à tous les vices,
Et qui sur les humains prétendent seuls régner?
A ton mauvais génie ils vont t'abandonner,
Et, critiquant de toi jusqu'à la moindre phrase,
Ils vont du haut des cieux foudroyer ton Pégase.
Cournand m'applaudira : la belle autorité !....
Du trésor des élus il est dé.hérité ;
Grégoire l'a damné (44) dans sa lettre enciclique.
Tout prêtre de ce nom est un peu fanatique.
Grégoire est vierge encor : mais de peur de l'enfer,
Il n'a jamais tâté des plaisirs de la chair.
Cournand est père, époux, et de plus, philosophe,
Cherche pour défenseurs des Saints d'une autre étoffe,

J'invoquois ton courroux contre ces vils frelons
Qui dardèrent sur toi leurs pesans aiguillons :

Mais attaquer nos chefs, nos maîtres, nos modèles !
Et tant d'auteurs fameux au saint siége fidèles !
Ils te damnent, Chénier, et c'est avec raison.
Tu ne sais point, comme eux, vaquer à l'oraison,
Te confesser, jeûner, bâiller à l'offertoire,
Et, caché dans le fond d'un pieux oratoire,
Comme eux, tu ne sais point, avec simplicité,
Ramener les esprits au centre d'unité.

Les messes, les sermons, pour toi choses communes,
Où souvent ces messieurs vont en bonnes fortunes,
Ne t'ont jamais séduit, ne t'ont jamais tenté,
Et, scandale du Pinde et de la chrétienté ;
On ne t'a vu jamais, d'une façon discrette,
Glisser le moindre écu dans la boëte à Perrette.
Aussi les nouveaux Saints, indignés contre toi,
T'accusent de n'avoir ni dieu, ni foi, ni loi.
De Silvain Maréchal (45), de Copernic Lalande,
Ils disent que ton nom doit grossir la légende,
Et de nos Vanini te nommant le héros,
De l'enfer pour te cuire ils soufflent les fourneaux.
Je ne puis les blâmer, et de ma longue estime
Triomphe malgré moi leur courroux légitime.
Entre le ciel et Rome il n'est point de milieu,
Ne pas croire au saint-père, est ne pas croire en dieu.

NOTES.

(1) ALLUSION à l'Épitre sur la Calomnie, adressée à Philandre : c'est un des meilleurs ouvrages de Chénier ; il y a montré autant de force que de grace, et la réponse de M. Leger n'est qu'une platitude qui n'a ni grace, ni force, ni légèreté.

(2) On a remarqué il y a long-tems que les poëtes les plus profanes finissoient par faire des poésies chrétiennes M. de Laharpe a terminé sa carrière poétique par une traduction des pseaumes de David. Il a cela de commun avec Desportes, abbé de Tiron, Bertaut, évêque de Séez, et le cardinal Duperron. Il n'est encore ni cardinal ni évêque, mais tout peut venir avec le tems. Il ne faut désespérer de rien.

(3) M. Després, jadis secrétaire de M. de Bezenval, est un des auteurs les plus féconds du théâtre du Vaudeville, il a composé deux ou trois cent petites pièces admirables qui le mèneront droit à l'immortalité. Il est vrai qu'il partage sa gloire avec plusieurs collaborateurs de ce charmant théâtre, et qu'il a souvent travaillé avec Messieurs B... p... De... etc. mais c'est toujours l'esprit de M. Després qu'on a vu étinceller dans leurs jolies bluettes. Ce qui a surtout fixé la réputation de M. Després c'est sa parodie d'Alceste, intitulée *le Phœnix* ou *la bonne femme*, ce chef d'œuvre seul nous engage à le désigner ici comme excellent auteur de parodies. Cependant nous n'avons peint qu'à demi les mérites de M. Després, il est encore excellent convive, et parconséquent, de toutes les fêtes et de tous les soupers. Les Diners du Vaudeville n'existeraient point sans lui, il en est l'Amphion, l'ordonnateur et l'ame. Voyez les jolis recueils de chansons

qui paroissént par numéros , et qui sont intitulés *les Dîners du Vaudeville.*

(4) Tout le monde connoît les rapsodies de M. Devil-liers, et tout le monde prétend qu'elles sont dignes de leur titre. Nous n'osons pas prononcer sur une aussi grande question. *non nostrum tantas componere lites.*

(5) Quelques personnes prétendent que nommer Bef-froi-Reigni ou le Cousin-Jacques, c'est nommer le plus plat charlatan et le plus insigne menteur qu'il y ait sur la terre : nous ne sommes point de cet avis : comment ne pas croire le Cousin-Jacques , lorsqu'il dit lui-même que son précis historique de la prise de la Bastille a eu dix-sept éditions , et que son Nicodème dans la Lune en a eu vingt-trois ? Et comment s'étonner d'un pareil succès obtenu par l'auteur de Turlututu et d'Hurluberlu ? ... Il y aura, dit-il, quinze mille mots et une notice raisonnée de tous ces mots dans son dictionnaire Néologique des hommes et des choses... : misère qu'une semblable annonce! Il y aura dans ce dictionnaire bien plus de choses que de mots ; le Cousin-Jacques a tout vu, tout entendu, il sait tout ; tous les dépôts publics et particuliers lui ont été ouverts toutes les bibliothèques particulières et publiques, et certes, avec de pareils secours , il est bien difficile qu'il se trompe jamais, aussi voyez les premiers numéros de son diction-naire.

(6) Quel dommage que le vaudeville intitulé *l'ancien Caveau* n'ait pas réussi ! ou qu'il ait été suspendu par ordre de la police ! Ce vaudeville n'était pas bon , à la vérité ; les caractères de Gallet et de Piron y étoient entièrement défigurés , mais, aidés des critiques lumineuses de M. Des-prés qui est le grand conseiller du Vaudeville, quel succès n'auroient pas eu les auteurs de cet ouvrage, en y faisant par dégrés , les corrections que M. Després auroit con-seillées!

(7) Allusion a une autre pièce en Vaudevilles intitulée

Papirius, ou *les femmes comme elles étoient*. Hélas ! nous
l'avons vue......

(8) Piis est sans contredit le poëte de notre tems qui
tourne le mieux les couplets. Tous ceux qu'il a signés
respirent la gaieté et la philosophie. Il partage avec Panard la gloire d'avoir été le fondateur et le restaurateur
du Vaudeville.

(9) Il existe au théâtre italien de la rue Favart un heureux
Triumvirat qui fait les plaisirs du public, et qui, au
moment où nous écrivons, c'est-à-dire en l'an neuf, est
composé de messieurs Marsolier, Daleyrac et Elleviou.
Marsolier fait les paroles, Daleyrac, la musique, et Elleviou chante et joue. Ce triumvirat en vaut bien un autre ;
il n'a jamais fait de proscriptions, il n'a jamais incarcéré
ni tué personne, nous avons cru devoir lui rendre un
foible hommage dans ce très-foible opuscule. Marsolier est
si modeste, il a une si foible idée de son talent, que
personne ne lui conteste un talent sublime. Daleyrac, bon
musicien, n'a d'ennemis que parmi les musiciens ; Elleviou,
très-beau jeune homme, est surtout aimé des belles dames ;
et il se contente de ce partage.

(10) M. Lepan est rédacteur et propriétaire du courier
des spectacles, personne ne l'ignore, mais ce que peu de
personnes savent, c'est que M. Lepan, rédacteur du courier des spectacles, loue tout ce qui est détestable, et blâme
tout ce qui est excellent. M. Lepan a ce double droit,
sans doute, il assiste chaque jour à toutes les représen-
tations des pièces nouvelles, à tous les débuts des acteurs
et des actrices, à toutes les reprises, etc.... et il n'a
personne pour l'aider dans son immense travail. M. Lepan est comme le soleil, ou comme Louis XIV. *Nec
pluribus impar.*

(11) « Fantin Desodoarts est un pauvre d'esprit, autre-
» fois chanoine. Il s'est avisé de compiler une misérable
» histoire de la Révolution Française, d'après les brochures

» des différents partis. Il pille tout ce qu'il dit , et deshonoré
» tout ce qu'il pille. » Ces paroles sont tirées des notes du
docteur Pancrace, satyre de Chénier. Desodoarts y est si
bien peint , que nous n'avons rien à ajouter.

(12) Les prêtres de Lisbonne ont fabriqué un alma-
nach où la France n'est mentionnée ni comme république
ni comme Royaume. Tous les journaux ont cité ce fait
comme assez remarquable, mais qu'est-ce qui peut étonner de la part des prêtres de Lisbonne ?

(13) Marchena est un Espagnol qui ne manque pas
d'esprit, il est surtout grand théologien. Il s'est un peu
trop mêlé de nos affaires durant la réaction, et le gouvernement l'a poliment prié de faire une tournée en Suisse.
On dit qu'il est de retour à Paris et qu'il travaille à un
grand ouvrage *in-folio* pour nous prouver que trois ne
font qu'un.

(14) M. Raboteau est auteur d'un grand nombre de
Fables , de Contes et autres poésies fugitives. On a ad-
miré les uns et les autres, lorsqu'il les a lus dans la plu-
part des sociétés littéraires de Paris. Il lit moins bien
que M. Luce de Lancival. Sa muse gracieuse et féconde
a trouvé une rivale , mais, quoique moins belle que Vénus,
on peut être bien belle encore. Lorsque M. Raboteau a
lu à la société des belles lettres son *Epitre à l'ennui* , on
ne s'est point rappelé le mot indécent de Piron qui disoit
à un jenne homme, lui lisant un poëme sur une autre ma-
tière : *vous etes plein de votre sujet*. On auroit eu grand tort
sans doute de faire une allusion semblable. L'Épitre à
l'Ennui est bien supérieure au poëme de Robbé , qui étoit
extrémement jeune lorsqu'il le fit.

(15) Si M. Luce de Lancival est supérieur à M. Raboteau pour le talent de bien lire , il faut convenir que
Vigée est bien supérieur à M. de Lancival. On croit n'avoir
point d'égal dans telle ou telle partie et souvent on trouve
son maître. Ainsi l'Ajax d'Oïlée , quoique très brave,
trouva un rival dans Ajax, fils de Télamon. Tous deux ,
quoique très-impies, rendirent de grands services à la

Grèce, durant le siège de Troye. M. Luce de Lancival et Vigée ont rendu de même de grands services à la littérature Française, quoiqu'ils soient l'un et l'autre fort religieux ; c'est en quoi nous les admirons.

(16) Que pourrions-nous dire ici du citoyen Legouvé ? Nous avons lu son poëme sur *le mérite des femmes* : et nous ne dirons pas qu'il n'étoit pas plein de son sujet. Le mot de Piron qui n'est point applicable à M. Raboteau, lorsqu'il chante l'ennui, l'est beaucoup au citoyen Legouvé, lorsqu'il chante les femmes. *Gaudeant bene nanti*, comme dit Beaumarchais. Nous aimons beaucoup au surplus la personne et les talents du citoyen Legouvé, et quoique nous vivions dans la solitude et dans l'obscurité, nous sommes toujours enchantés de lire quelques uns de ses ouvrages.

(17) Lorsque M. Baour de Lormian publia sa traduction en vers français des poésies d'Ossian, il nous fit l'amitié de nous en donner un exemplaire. Nous fîmes aussitôt un extrait de son ouvrage, et quoique M. Lormian nous ait donné, par-ci par-là, quelques coups de patte dans ses *trois mots*, nous rendîmes justice à l'harmonie, à la précision, à la grace qui régnoit dans ses vers ossianiques. Mais comme nous sommes proscrits depuis long-temps par les journalistes, ces messieurs ne voulurent point faire usage du compte que nous rendîmes de la traduction de M. Lormian. Heureusement Vigée nous a suppléés. Voyez le Courrier des spectacles.

(18) M. l'abbé Aubert a rendu compte d'une *Bonapartide* dans les petites affiches ou journal des annonces de la rue Croix-des-Petits-Champs, (car il y a tant de petites affiches) le sujet est riche et heureux, mais pour chanter Achilles, il faut être un Homère, il faut être Quint-Curce pour écrire les exploits d'Alexandre. Si nous n'avons pas encore une bonne histoire de Bonaparte, espérons, espérons que nous verrons enfin éclore une bonne

Bonapartide et que nous n'aurons pas lieu de dire comme Juvénal : *vexatus toties rauci Theseide codri.*

(19) Y a-t-il rien d'aussi ingénieux que les jolies petites phrases de Villeterque, qui paroissent tous les matins dans le journal de Paris ? M. Villeterque réunit presque toujours la finesse de Fontenelle, à la précision de Montesquieu. Heureusement, M. Villeterque n'a fait ni l'esprit des Lois, ni l'Histoire des Oracles, et c'est tant mieux pour nous, pour M. Villeterque et pour le journal de Paris. L'histoire des oracles et l'Esprit des Lois pourroient nous ennuyer, et nous lisons le Journal de Paris avec tant d'empressement et de délices ! M. Villeterque nous rappelle ces personnes qui, pour mieux dîner, prennent un verre d'absynthe avant de se mettre à table. Les articles de M. Villeterque sont le verre d'absynthe des Gourmets de la litterature. Nous demandons pardon à M. Villeterque d'avoir un peu employé son style dans cette mauvaise note, nous espérons qu'il ne s'en fâchera pas, nous ne l'avons pas surpassé.

(20) Quelle est donc cette Tragédie de .... dont parle M. de Fonvielle aîné, dans le discours préliminaire de ses essais de poésies en deux volumes et qu'il dit avoir achevée le 19 juillet 1794 ? Nous ne sommes pas dans les secrets de M. Fonvielle, mais tant de prêtres fanatiques et insoumis nous ont fait l'éloge de cette tragédie, qu'il nous a été facile d'en deviner le sujet. Elle finit par la canonisation d'un homme.... ah ! quel homme !..., et Chénier n'a pas mis Fonvielle et son Héros au nombre des nouveaux Saints ! ...

(21) Dire que M. Selis, traducteur de Perse, et membre de l'institut n'a jamais brillé par beaucoup d'éloquence ! il faut être bien hardi, pour parler de la sorte. M. Selis n'a-t-il pas déployé les talens les plus oratoires dans son poëme de l'armée Romaine sauvée par les prières de la légion fulminante ? Dans son Epitre à Gresset ? Dans sa relation de la mort de Voltaire? Dans ses Epîtres en vers sur différents sujets ? dans celle principalement, sur les pédants de société, et même, dans sa traduction de Perse? M. Selis enfin n'a-t-il pas été long-tems professeur d'éloquence ? Que d'erreurs nous avons acumulées dans un seul vers ! c'est un mauvais Génie sans doute qui nous les a inspirées, nous prions le lecteur de nous les pardonner : accuser un professeur d'éloquence de manquer d'éloquence, et un membre de l'institut de manquer de... *goddam* !

(22) Lemercier a donné Pinto depuis sa tragédie d'Agamemnon.

(23) Masoyer est auteur d'une tragédie de Thésée, faite d'après plusieurs autres Thésées, et dans laquelle, parconséquent, il y a des beautés ; Mademoiselle Raucourt, qui adore le rôle de Médée, a protégé cette pièce, l'a fait recevoir, apprendre et jouer. Elle y a joué elle-même, le public l'a applaudie, ainsi que l'auteur, mais le cinquième acte lui a paru de dure digestion, et cela n'est pas étonnant dans un sujet semblable. Ce n'est pas des acteurs que nous parlons, mais des personnages.

(24) Auteur d'une tragédie de *Montmorenci* où il y a de grandes beautés, surtout dans le cinquième acte. La scène où le cardinal de Richelieu dit, en parlant de Montmorenci ; *aux factieux j'ai fait jetter sa tete*, offre une des situations les plus fortes qu'il y ait au théâtre. Avec le cinquième acte de Montmorenci et les quatre premiers actes de Thésée, on auroit pu faire une bonne tragédie.

(25) Allusion à une Epître de M. Leger, intitulée: *petite réponse à la grande épitre sur la calomnie de Marie-Joseph Chénier*; mais pourquoi revenir sur M. Leger? nous en avons parlé dans notre première note.

(26) Ce Baralère n'a-t-il pas été rédacteur d'un journal intitulé : l'*Ami ou le gardien de la constitution*? Lecteur nous vous le demandons.

(27) Le soufflet donné par Bellegarde à ce pauvre Isidore Langlois a fait tant de bruit qu'il n'est personne qui ne s'en souvienne, mais c'est être bien méchant que de le rappeller ; ce pauvre Isidore Langlois est mort depuis si long-tems ! et les Journaux Anglais en ont fait un si bel éloge !

(28) Nos quatre vers sur Morellet et la Cretelle valent-ils celui-ci de Chénier, sur l'abbé Morellet :

Enfant de soixante ans, qui promet quelque chose ?

Nous ne le croyons pas. Mais pourquoi attaquer de nouveau ce pauvre Morellet ? n'acquiert-il pas tous les jours de nouveaux titres à la gloire, et sans parler ici de ses nombreuses traductions de romans ; sans rappeller ce qu'on a dit, lorsque parut son prospectus d'un dictionnaire de commerce, qu'il faisoit fort bien le commerce du dictionnaire, ne vient-il pas encore de publier une sublime brochure sur le projet d'un nouveau dictionnaire de la langue Française ? Et n'a-t-il pas prouvé à l'univers qu'il avoit autant d'esprit qu'un dictionnaire ? Il dit dans cette brochure qu'Urbain Domergue et Cubières-Dorat furent nommés commissaires par la commune pour mettre les scellés sur les papiers de la feue Académie Française, il peut avoir raison sur tout le reste, mais il se trompe sur cet article. Ce fut la commission temporaire des arts et de l'instruction publique, qui nomma Cubières-Dorat et Urbain Domergue, comme il appert par les lettres que ces derniers ont reçues du représentant Romme qui alors étoit président de cette commission et par celles du citoyen Barletti qui en étoit secrétaire. Cette erreur est légère de la part de l'abbé Morellet, mais, ce qui n'est point pardonnable à cet homme grave, c'est d'avoir presque fait un personnage de Cubières-Dorat, ou Dorat-Cubières, pauvre homme mort depuis plusieurs années, sinon physiquement, au moins poétiquement, et d'avoir accolé son nom obscur à celui d'un Grammairien célèbre ? Les auteurs du Journal d'opposition littéraire voulant tourner en ridicule le poëte andrieux, l'ont appellé, dans leurs savans mémoires, *le Cubieres de l'institut* : ils ont été plus sages que l'abbé Morellet. Qui peut nier en effet que Cubières ne soit le Cotin de la littérature ? c'est-à-dire le dernier de nos littérateurs, pour l'art de penser, et le talent d'écrire ?

(29) Faut-il dire Souriguere, ou Souriguiere ? c'est une question qui va donner bien des tortures aux futurs saumaises. Quoiqu'il en soit ce nom est si connu par les Satyres de Chénier, et par les notes de ces Satyres, qu'il est inutile d'en dire davantage. Nous ajouterons seulement pour justifier notre vers, que Souriguere a long-tems fait avec un nommé Beaulieu, le Journal intitulé : *le miroir.* Nous ne parlons pas de sa Comédie de Cecile, ou la reconnoissance ; c'est un chef-d'œuvre qui fait courir tout Paris.

(30) M. l'Abbé Aubert est aussi attaché à ses fables qu'aux fables du Christianisme. Il se met dans des colères terribles contre ceux qui ne croient pas à celles-ci, et contre ceux qui ne veulent pas lire les autres. Voyez le *Journal des annonces.* Pourquoi l'enterrer chez Moutard, nous direz-vous peut-être ? Lisez l'ombre de Duclos par Laharpe, ils étoient du bon tems de Laharpe, les vers où il se moque de l'Abbé Aubert et de sa perruque : Laharpe n'étoit pas encore le révérend père Hilarion.

(31) L'abbé de Fontenai a long-tems travaillé au Journal général de France, il vient de le reprendre sous le même titre, et son prospectus a couru toute la France. Malheureusement pour M. l'abbé, il a couru envain après les souscripteurs ; aucun ne s'est présenté, ce qui est un malheur réel pour le très-saint Molinisme, dont M. l'abbé, en sa qualité d'ex-jésuite, est le plus ferme soutien.

(32) Qui ne connoît M. l'abbé Bourlet du Vaucel,

jadis abbé de Cour, très-galant, très-élégant et très-ai-
mable? *il s'est mis dans le Mercure?* depuis qu'il n'est
plus jeune, et c'est sans doute pour expier ses jolis péchés,
mais pourquoi souriez-vous, lecteurs?.. Est-ce que vous
entendez malice à cette phrase : Il s'est mis dans le mercure? Nous parlons du mercure de France, entendez-
vous. Lisez, pour vous en convaincre, l'extrait qu'a fait
M. l'abbé du sublime roman d'Atala.

(33) M. l'abbé Grosier est le collaborateur de M. l'abbé
Geoffroi, comme il le fût autrefois de M. Fréron; il est
de plus l'auteur très-estimé d'une histoire générale de la
Chine. On ne conçoit pas comment un homme de ce mérite
s'amuse, dans sa vieillesse, à griffonner des injures contre
les philosophes.

(34) M. l'abbé Gallais est encore malheureusement
célèbre par la satyre de Chénier : et je ne sais pourquoi
nous avons la manie de revenir toujours sur ces pauvres
gens que Chénier a battus à platte-coûture. Mais je ne
sais pourquoi nous avons ... Quelle faute contre la gram-
maire ! garde à vous M. l'abbé Gallais, vous redigez le
publiciste, et vous, Urbain Domergue, que direz-vous
d'un pareil solécisme?

(35) M. l'abbé Beurrier, de la congrégation des Eudistes
a publié en 1779 un ouvrage très-édifiant intitulé : Confé-
rences et discours contre les ennemis de notre sainte religion.
Cet ouvrage, en quatre gros volumes *in-8º*, tomba d'abord de
tout son poids ; mais M. Laharpe, qui d'abord avoit
contribué à sa chûte, s'est ravisé depuis, et d'accord avec
M. de St.-Papoul, il en a fait son *vade mecum* : pour pro-
pager, autant que possible un ouvrage aussi nécessaire à tous
les fidèles, ils l'ont fait réimprimer chez M. Onfroi, autre
grand ami de notre sainte religion, qui n'ayant pas mis dans
le titre que l'eudiste Beurrier était mort, a procuré à ce
dernier une très-grande gloire posthume.

(36) Une dame fort aimable, quoiqu'elle ne soit point

dévote , nous a montré une lettre dans laquelle Diderot est appellé un *détestable énergumène* , et dans laquelle on ajoute que jamais Dieu ne pourra lui pardonner tous ses crimes Cette lettre est de la propre écriture de M. de Laharpe , et signée de lui. Il est toujours bon de citer les autorités quand on écrit , et celle-ci est irréfragable. M. de Laharpe avoit loué M. Diderot dans plus de vingt endroits de ses ouvrages.

(37) Barbouiller les pieds d'un mourant avec de la mauvaise huile , ou lui graisser les bottes pour aller en paradis , est absolument la même chose. Nous demandons pardon à messieurs les théologiens de n'avoir pas pu mieux exprimer notre pensée.

(38) Allusion à une petite satyre intitulée : le défenseur de la philosophie , qui a paru chez M. Moller , il y a environ un an , qui a été réimprimée dans le recueil des satyres de M. Colnet, libraire , qu'on a attribuée à la petite société littéraire auteur des petits Saints , ou plutôt au citoyen Piis , ce qui fit un grand honneur à la petite société littéraire.

(39) Boileau dit , dans la dernière préface de ses œuvres :
» Il est bon que le lecteur soit averti d'une chose , c'est qu'en
» attaquant dans mes ouvrages les défauts de plusieurs écri-
» vains de notre siècle , je n'ai pas prétendu pour cela ôter à
» ces écrivains le mérite et les bonnes qualités qu'ils ont d'ail-
» lieurs... Je veux bien avouer qu'il y a du génie dans les écrits
» de St.-Amant, de Brébeuf, de Scuderi, de Cotin même. »
Nous avouons , à l'exemple de Boileau qu'il y a quelquefois du génie dans les ouvrages des Cotins de nos jours ; que M. Geoffroi tourne joliment son article dans le feuilleton : et quelquefois même dans l'année littéraire ; que M. Clément, dans ses dissertations , est quelquefois guidé par une raison saine et lumineuse ; que M. de Laharpe est un bon littérateur ; que madame de Genlis écrit avec une abondance heureuse. Si nous mettons ces grands hommes au nombre des petits saints c'est bien plutôt parcequ'ils sont les ennemis de la philosophie que parcequ'ils le sont du bon goût. Nous nous obstinerons à les siffler, tant qu'ils s'obstineront à demander un culte ty-

ranuyque. Si nous griffonnons quelques mauvaises satyres,
c'est bien moins par haine pour les dévots que par l'amour pour
l'humanité. Nous ne ressemblons pas aux dévots, nous aimons notre pays, et nous ne haïssons personne.

(40) Oui, citoyen lecteur, le pape est abonné à l'année
littéraire pour vingt-cinq exemplaires. Voyez les registres des
redacteurs, et gardez-vous de mal parler de ce journal. Il nous
siéroit bien de tourner en ridicule ce journal sanctissime. Il est
sanctissime même, quand le pape s'en sert pour ce que vous
savez, car vous n'ignorez pas que chez le St.-père tout est
sanctissime.

(41) Après le vers où nous parlons du bonnet rouge et
du bonnet carré, nous avions ajouté ceux-ci:

> Oublier ou cacher, en critique peu sage,
> Que faisant de tous deux un admirable usage,
> Il les prit l'un et l'autre et qu'il sut tour-à-tour
> Être impie ou dévot, selon l'esprit du jour !

Nous les avons retranchés parcequ'ils nous ont paru faire lon-
gueur, mais ils renferment un fait qu'il étoit nécessaire de
consigner ici.

(42) M. de Château-Briant dit, en nous parlant du père
Aubri : « quand il nous parloit, debout et immobile, ses yeux
» modestement baissés, son nez aquilin, sa longue barbe avoient
» quelque chose de sublime dans leur quiétude, et comme d'as-
» pirant à la tombe, par leur direction naturelle vers la terre. »
Nous n'avons rendu qu'imparfaitement d'aussi belles images
dans nos deux vers, et nous en demandons pardon bien sin-
cèrement au public, à l'auteur et au nez du père Aubri.

(43) Le roman d'Atala a eu beaucoup de succès, et le
roman de Podalire et Dirphé en a eu très-peu ; ce qui ne
prouve rien, ni pour, ni contre. Ce qu'il y a de certain, c'est
que le roman d'Atala est une espèce de Capucinade sans but
moral, si ce n'est celui de convertir les cœurs à la croyance
catholique, et que le roman de Podalire a le but beaucoup

plus moral de les en éloigner. Ce qu'il y a de certain , c'est que Félix-Nogaret, auteur du roman de Podalire,voudroit que tout magister , ou tout curé de village fût à la fois bon physicien ou bon naturaliste , pour empêcher les paysans de croire aux miracles ; c'est qu'il voudroit que les prêtres ne fissent point tourner la frayeur du peuple à leur profit. Félix-Nogaret enfin voudroit que tous les hommes connussent les mystères de la nature , pour les opposer aux mystères de la religion , et cette idée est bien plus utile et bien plus sublime que celle de M. Château-Briant qui fait consister toutes les vertus des humains dans le respect qu'ils doivent au baptême, Château-Briant épaissit le nuage sur nos têtes , et Félix-Nogaret le dissipe , mais les hommes veulent être trompés, ils l'ont prouvé en cette circonstance.

Le roman de Nogaret , au surplus , est écrit avec beaucoup de naturel et de grace , et il l'emporte sur celui d'Atala , autant par le style , que par le fond. Il n'excite la surprise qu'à l'aide des merveilles de la nature ! qui valent un peu mieux , selon nous , que les merveilles du St.-Sacrement. Il falloit des connoissances très-variées, très-étendues et très-positives en physique , en histoire naturelle et en botanique , pour faire le roman de Podalire ; et pour faire le roman d'Atala , il ne falloit guère qu'une vaine exaltation de tête.

Félix Nogaret est connu depuis long-tems par des ouvrages philosophiques qu'il a eu la modestie de ne point signer , et qui ne sont pas moins dignes de nos plus grands maîtres dans l'art de penser et d'écrire. Il joint quelquefois la manière fine et piquante de Voltaire , à la manière franche et naïve de Rabelais ; c'est un de nos pères en philosophie. Aussi les pères en Théologie ne l'aiment pas et voudroient bien le faire cuire dans un bel autodafé , comme ils en ont fait cuire tant d'autres.

(44) Grégoire a rendu de grands services aux arts et aux lettres, surtout par les cinq ou six rapports qu'il a faits contre le Vandalisme , sous le règne même du Vandalisme. Nous sommes persuadés de son patriotisme, de ses talens et de son amour pour la tolérance, mais il existe une pièce, signée de lui, dans laquelle on déclare les prêtres mariés odieux à Dieu et aux hommes et comme incapables d'exercer les fonctions du culte, quand même ils se résoudroient à quitter leurs femmes, *durus est hic sermo.*

(45) Nous aimons mieux Sylvain Maréchal et Lalande, quoiqu'ils soient Athées, et quoique nous ne le soyons pas, que tous les respectables prêtres qui veulent nous ramener à la barbarie par le chemin de la superstition.

www.ingramcontent.com/pod-product-compliance
Lightning Source LLC
Chambersburg PA
CBHW061634180626
46818CB00005B/2383